一億人のための辞世の句

坪内稔典——選著
Tubouchi Nenten

展望社

一億人のための辞世の句

坪内稔典―選著
Tubouchi Nenten

展望社

凡　例

一　俳句・コメントともに、現代仮名づかいに統一した。

一　コメントは一部、削除、補筆して文量を収め、読みやすくしたところもある。

一　年齢は記述してあるものだけを収録した（年齢は投句時の年齢を表記）。

一億人のための **辞世の句** ❖ 目次

装幀◎岩瀬正弘

復刊に当たって

本書の初版は一九九七年一一月一日である。発売されるや予想外のことがふたつあった。

一つは地方紙を含め、多くの新聞が取り上げてくれたことであった。一面コラムでは「編集手帳」（読売新聞）「凡語」（京都新聞）「卓上四季」（北海道新聞）「春秋」（西日本新聞）「地軸」（愛媛新聞）「中日春秋」（中日新聞）「天地人」（北日本新聞）、書評では沖縄タイムズ「死を見つめ生を問う」、大阪新聞「10代から90代…ユーモアとゆとりの辞世」、朝日新聞では「売れてる秘密」で「奇跡を起こす魔法の箱」と芹沢俊介氏が紹介してくれた。

また、読売新聞の夕刊では選者の坪内稔典氏が「楽しい辞世の俳句—純粋な自己を投影」という一文を寄稿している。

さらに大阪新聞では選者をインタビューして「真摯にしかし余裕をもって向き合う—元気な内に辞世の句」といった記事にまとめている。

もう一つ予想外のことは、応募していただいた辞世の句には、ユーモアが漂っていたことである。選者はこのことを「楽しい辞世の句」と表現している。

『辞世のことば』（中公新書）の著者中西進は短歌が主体であったが、そこでは切腹を目前に詠ったものが紹介され、辞世の句が厳粛な事実としてとらえられている。その伝統以来か、辞世の句と言えば死に直面して作るものというイメージがあった。

だが、本書の辞世の句では、日常の連続の中の辞世の句であることを強調した。だからか、本書の辞世の句にはどこかユーモアが漂っている。例をあげると「死ぬことは笑いのつづき松の芯　山田晃裕　67歳」。笑いが死のつづきであれば死は大往生であろう。本書の辞世の句の特徴は、確かにユーモアがここかしこに読みとれたことである。

企画者としてわたしには一つの誤算があった。それは本書に「正月に家族の写真を撮るように、辞世の句を作ろう」という意図が秘められていたことである。一年を振り返り、新しい年を辞世の句を作ることによって新しい生き方を確かめるというものであったが、このことにふれていただいた辞世の句はほとんどなかった。

芭蕉は「昨日の発句は今日の辞世、今日の発句は明日の辞世、わが生涯いひすてし句は一句として辞世ならざるはなし」と述べており、作家であり俳人であった結城昌治は死を覚悟した病気が回復すると、二度目の辞世の句を作り直していることがヒントであった。要するに、辞世の句は一生で一回限りというものではないことを強調したかった。

先にみた新聞コラムのほとんどが、つづけて辞世の句を募集しているという一文を添えていた。そのお陰もあってか応募はつづき、二巻、三巻と出版はつづいた。こうして「辞世の句を募集します」と言うとき、それまであった気はずかしさは少しは軽くなっていた。

第一巻の初版から約十八年、この本をぜひとも復刊したいという人が現れた。本書の版元の社主唐澤明義氏である。この唐澤社長とわたしを結びつけてくれたのは初版の発行時にもいろいろご助言をいただいた出版界の先輩菅野国春氏である。このようなご縁で本書が再デビューすることになった。長い時節を経て、再び辞世の句の面白さを世に問うこととなったことは快哉にたえない。

時代が大きく変わり、装いも新たにした再登場であるが、初版時に負けない話題の旋風を巻き起こすことを期待している。

なお、末尾になったが、復刊に当たり、選者の坪内稔典先生より快諾をいただいたことに謝意を申し上げたい。

出版時の出版社はその後解散し、辞世の句にご応募いただいた方のデータは消失しています。そのため、事前にご同意を得ることができませんでした。ここに発表することにより、ご連絡を求めます。ご連絡いただいた方々には、本書を謹呈することによって謝礼に代えさせていただきます。

二〇一四年一一月

「一億人のための辞世の句」元発行者　荒木　清

I　人生とは

死に臨んだとき、人はきっと自分の一生を振り返るにちがいない。そして、人の一生がどんなものかを、ともかく要約するにちがいない。そんなふうにして自分の生涯にけじめをつけるのだ。この章には、人生とはどんなものかを表現した句を集めた。

「花に嵐のたとえもあるぞ、サヨナラだけが人生だ」。これは井伏鱒二が于武陵の漢詩「勧酒」の「花発《ひら》けば風雨多し、人生　別離足る」を翻訳したもの。

1

老いと組む二人三脚菊日和《きくびより》

老いと死は古今東西、また貧富貴賤にかかわりなく誰にでも必ず公平にやってくる。逃げられないものならば、一層のことその老いと二人三脚を組んでゴールまで行くしかあるまい。

渡部　誠　68歳

2

百までも呆けず生きたしさるすべり

障害者の息子と暮らしております。呆けずに百までもと願っています。私が弱ったら誰に面倒をみてもらえるかと思うとがんばらなければと思います。

笹沢なみ子　76歳

老いを嫌ったり避けたりするのではなく、未知の体験としてわくわくしながら迎えたいと思っている。だから、渡部さんの句に同感。笹沢さんはちょっと欲張りかも。

きらめきてなおきらめきてセミしぐれ

わが家はいまセミしぐれに包まれています。長い忍耐の時を経ていまきらめいているのだと感じます。私も六四歳、しっかりきらめいて生きてみたいと思うのです。

水野美那子　64歳

3

ふり返る度に道あり散るさくら

三年前墓地購入の時、霊園を桜並木が囲み遠くで鶯が鳴いていました。その時の句です。今年、生前墓を建て、私の字で表に「追憶」、裏にこの句を刻んでもらいました。

安藤美以　73歳

4

たしかに何歳になっても瞬間のきらめきって、ある。散る桜だって、桜吹雪としてきらめく。

5

生きること幸せなりと野に遊ぶ

元気で生きている幸せを感謝しながら野の青草をゆったりとした気分で踏みしめつつ、人生を見つめたいもの。

横山文子　63歳

6

わたつみを赤き金魚として遊ぶ

海はひたすら広かった。思う存分泳いで、そして潜ったり、浮かんだり。塩水は目にしみたけど、楽しかったなあ。うん。

坂本宮尾　52歳

「人生は遊びだ」と断定したい。自信をもってその断定をくだせたら、きっと素敵な一生だ。

宴果てて海へかかりし二重虹

楽しいこと、面白いことに夢中になっていたのにその時間の何と速いこと。虹の消えるのも速い。人生もかくの如しか。

折原あきの

7

教職を愚直に生きし枯《かれ》薊《あざみ》

昭和三八年、満開の桜が咲く並木道をゆっくり歩いて、K中学校に着任した。数学教師としての出発だった。

河本　坦　59歳

8

愚直に生きる人が好き。愚直であればあるだけ、そんな人の仰ぐ虹は美しいだろう。

9

来《こ》し方は晴れ間少なし蝸《かた》牛《つむり》

私の人生はあまり幸福とよばれるようなことはなかった。のろのろと歩いてきた人生だから。でもそれでよかったのかもしれない。

絵面敏男　76歳

10

わがいのち道に這い出る葛《くず》のつる

彼岸の中日、墓参りする。私は葛のつるのように道路まで這って出ていくであろう。

仲田愛子　61歳

「桜散るあなたも河馬になりなさい」は私の俳句。蝸牛もよいが、どてっとしてあまり動かない河馬も好ましい。私は河馬のようにゆったりと生きたいと思ってきた。

山桜咲くも吹雪くも一途《いちず》なる

たとえ人目につかない山桜であっても、春には一途に花をつけ、咲ききったら思い残すことなく一途に散り果てたい。

高橋千夜湖　57歳

11

親は子に死んでもみせる道おしえ

いとしい子に死も教え死後のすべても体験させる親心。

鈴木　梢　67歳

12

「道おしえ」は虫のハンミョウ。道を歩いている人の前方を、まるで道を教えているかのように飛ぶ。

ふんばって来たふうでなく水馬《あめんぼう》

主人亡き後三人の子育て、端目には、ふんばって生きているように見えるらしい。しかし無理せず流れに乗り、まあまあ楽な一生であった。

曲直瀬弘子　55歳

13

幸せはこの手でつかむしゃぼん玉

幸せはたいそうなものではなく、自分でそっと手にする小さなものだと思いました。

伊津野善子　58歳

14

水馬やしゃぼん玉の軽さ。その軽さの快いこと。

遥《はるか》なる来《こ》し方真夜の遠花火

花火会場に行かず、家の二階から見ている花火大会はとてもきれいです。きれいな彩で大きく、小さく重なって、つい身を乗り出して見ていますが、最後に「ドン」という音がして暗やみになる。今までの生き方が色々重なって、ああ済んだという気持ちです。

石積知恵子

15

朝顔やお前も死ぬぞただ狂え

世の中で確かなことは唯一、死だけである。狂い切っておわりたいものです。

川内太郎　55歳

16

「ねむりても旅の花火の胸にひらく」は大野林火の、「朝顔の紺のかなたの月日かな」は石田波郷の俳句。

17

死ぬまでは女でいたし秋の蝶

髪白むとも女の身だしなみを忘れたくないと思うこの頃です。

松浦八千代　68歳

18

どこまでも虹追いかけて風の中

人生には順風、逆風があるが夢という虹を求めてあきらめず希望をもって人生を歩みたい。たとえ実現できず一生を終えたとしても、それはそれでよいと思っている。

松尾精郎　58歳

死ぬまで男でいよう、
私は。虹のかなたの蝶
を追って。

見るべきは見しと思えど朧《おぼろ》かな

過ぎてしまえば何もかも霞の彼方。男も女も消えて行きます。

久留島 楽 69歳

19

生涯は落葉の如し地に返る

芽生えてより若葉青葉そして彩つき落葉の期となりめでたく地に返る。早く母に死別、嫁しては夫、貧乏の子育、成人、しっかり育ってくれ。老いてより句の道を見つけ日々楽しくふっと我に返る。七六歳今。

鈴木治子 76歳

20

達観したようなことを言いながら、上の二人は朧や紅葉を楽しんでいる。それがすごい。

21

裏もあり表もありて七十年

戦争、空襲、空腹……は忘れませんが、一方で、当時想い及ばなかった海外旅行を中国には三度経験し、それらを裏と表に表現しました。

山田昭義　72歳

22

晩節を汚《よご》したくなし草の花

政官・財界等頂点まで登りつめた人達が、晩年になって法を犯し、罪に問われ、地位も名誉も失ってしまう例が後を絶たない。市井にはささやかな幸せを守って健気に生きている人々が多いのに……。

黒田清宏　62歳

「草の花」は秋の野山に咲く草の花。私は以前に「がんばるわなんて言うなよ草の花」と作った。

カンナ緋に己が行方《ゆくえ》を照らしけり

現在八二歳で主人も四年前亡くし独り暮らしです。戦前好きで勉強した英語を活かして教師をし悔いのない人生を送りましたが、まだまだ残りの年月も自分なりに真心をもって人にも接し、豊かに満足と感謝で過ごしたいと心がけています。

中村道子　82歳

23

貧乏も贅沢もして桃の花

思い切りの人生であった。願くばあの世でも艶やかな桃の花が見たいものだ。

稲木款冬子　85歳

24

八十代の自分の人生をカンナや桃の花にたとえるなんて、これはもう羨むほかはない。

虹の橋信じて渡る旅路かな

人生ことごとく虹のようなもの、美しくも淡く、はかない旅路。しかし、人間信じて渡ってゆくより他はない。家内死別後の私の心境でもある

山谷博一　69歳

25

生も死も只春《しゅん》風《ぷう》のたなごころ

玉木春の泥　72歳

26

「たなごころ」はてのひら。

空《うつ》蟬《せみ》の中の空気を大切に
谷口慎也

27

途半ば錫杖重し晩《ばん》夏《か》光《こう》
西畑良雄（六道）

28

あんな子もいたなと思ってほしい五月雨《さつきあめ》
藪内眞由美

29

空蟬の中にもたしかに空気が満ちている。普段は気にもかけないそんな空気までも大事にする、そのような心遣いのできる人に私もなりたい。

身は風に任せ無頼の罌《け》粟《し》坊《ぼう》主《ず》
福井ちゑ子　60歳

30

月光に川の流れと生涯と
西村幸子　83歳

31

分別のゴミが主客の我が家かな
神田玲子　60歳

32

福井さんは罌粟坊主に、西村さんは月光になろうとしている。神田さんはゴミにつかえて楽しんでいる。不思議で魅力的な人たちだ。ちなみに神田さんの句の「主客」は主な客人の意味。

生るるも死ぬるも一人盆の月

矢島一枝　65歳

33

辞世句を書いても人間辞められず

岡部民子　69歳

34

帳尻の会いし処にさくら花

加藤君子　80歳

35

毎年、桜が咲く。帳尻をちゃんと合わせるかのように。加藤さんはその桜のように自分も帳尻を合わせよう、と思うのだろうか。

恙《つつが》なく生きとし生きて冷奴

私は高濱虚子師の門下生です。「ホトトギス」の水原秋櫻子や富安風生等と、無二の親友で、肩叩き合い、一緒に飲んだ義兄弟でしたが、彼奴等は、私を遺して、先に、逝っちゃった、私は、大変、侘びしいです。又、今年も、お盆が近付いて来た。何と、一句捧げて遣ろうかな？　今度こそ、私の番だ。

河村守造　81歳

36

吾《わ》が死後もかく咲く花と思いけり

観桜句会に招かれて行きました。「桜」の中で、こんな思いになるなんて齢だナと思いましたよ。残念。以上。

猪邑雀羅草

37

桜の咲くころ、冷奴が
おいしくなってくる。

遺伝子の生きのびる道散る桜

生き物はすべてDNAを運ぶために生きて死ぬ。彼らは何処へ行こうとしているのだろうか。

堀川　弘

38

荷をおろしたたんぽぽの黄に流れおり

あれも欲しい、これも欲しいと、次々と肩の荷となし、背負いきれぬ荷となったとき、ふと荷をおろした。野に腰を降ろして足をのばしたとき、たんぽぽの風のまにゆれている自然の中に安住の地をみつけました。

福井宗寿（光仙）

39

桜もたんぽぽも大自然の不思議さを生きている。人間もまた。去年、私は「たんぽぽのぽぽのあたりが火事ですよ」という傑作（?）を得た。

微笑んですむこと多し若葉風

齢六十も過ぎますと少々のことは気にならず、五十には五十の、六十には六十の良さを発見して何事も楽しみに変えるようにしています。生まれて生きて死ぬ。一つの流れだと思います。

宮下登久子

40

一兵の心のままの桜かな

敗戦から五十年がたち、世の中も変わりました。かつて、日本のために散っていった戦友達がまだ新しく私の心に残っています。私自身まだ現代への切り換えが出来ません。今はただただ、この世の不思議をみつめています。

坂野永吉（暁月）74歳

41

「若葉風」は若葉をわたる風。若葉風はもしかしたら大自然の微笑か。

急流や柳あおめる古城川

陸奥涌谷古城前急流の柳あおめる川一句。

高橋　径　66歳

42

蜘蛛の囲や破れ繕《つくろ》い繕いて

コツコツと生きることが大切ではないかと思うようになりました。

鈴木忠夫　56歳

43

高橋さんの句は故郷の原風景。鈴木さんの句の「蜘蛛の囲」は蜘蛛の巣。少年時代、私は蜘蛛合戦に興じたが、鈴木さんもか。

原爆忌忘れぬことに未来あり

被爆者の一人として原爆の日を忘れることは出来ません。そして、全人類がこの原爆忌を忘れぬことに未来があると信じます。

常重　繁　74歳

44

ゆく雲を冬の名残りと思いけり

昭和二十年一月、満州で陸軍通信兵として勤務中、第一線の戦地へ出勤命令を受けたとき、一片の雪雲と戦線へ征く自分を併せ思って、故郷の家族へ辞世として書き送った句である。

坂井忠雄　86歳

45

「新しき猿又ほしや百日紅」は渡辺白泉の俳句。「終戦」という前書きがある。白泉も太平洋戦争に出征した兵士だった。

われもまた百合のごとくに野にあらん

開業医となって二十年。

大本武千代

46

雪の日に生まれ一字の大いなる

名前に誇りを持っている。

山根雪代　65歳

47

百合と雪。その純白の
清潔さよ。

48

月見草川の流れと人の身は

我が家の近くに裾花川が流れている。夕方の散歩に月見草の咲いているのを見た。人生も八十路を越せば、川の流れのように月見草を見ながら、一生を終るのではないかと思った。

和田こうじ　82歳

49

老いてなお凛《りん》と生きたし白き梅

老いてなお背筋をのばし筋道を通す人生を貫きたい。

都築道久　67歳

流れにまかすか、背筋を伸ばして流れを拒むか。さて、どうしょう。

落ちるだけ病葉《わくらば》落とし樹和らぐ

わが家の大きな金木犀の木から毎朝掃いても掃いても病葉が落ちて来ましたが、ある日落ちなくなりました。見上げると柔らかい若葉がそよぎ、樹が和らいでいるように見えました。五四歳になった今、自分にとって何が大切かしっかり見極めて生きていきたいと思っています。

池端順子　54歳

50

でこぼこと生きてく程に枯れすすき

人生、山あり、谷ありしながら老いていく。しかし、枯れすすきの味わい深い色合い、存在感を見すごす事は出来ない。

宗前京子　47歳

51

大きな木が日に入ると、
その木へ寄り道をして
触る。木の幹はあたた
かい。

52

カンナ燃ゆ煩悩《ぼんのう》捨てて生きるべし

五十路に入りました。歳と共にかしこくなれない現在です。せめて、人を恨まず、憎まず、妬まず、素直な心を持ち続けたいと願って作句しました。

大山マサ子　53歳

53

遠廻り人生が好き日向《ひなた》ぼこ

大正一四年五月一三日の丑年生まれでこの年に生まれたことを喜んで居ります。現在、わが町の俳句会長、隣の穴吹町俳句会講師（九年余り）。

岡田麦風　72歳

「煩悩捨てて生きるべし」とは言っても、捨てられないのが煩悩。火の色のカンナに似た煩悩よ、燃えろ、燃えろ。燃えて命の火となれ。

54

天上の青見せたき人の訊ね来る

朝顔が咲きはじめて三日目に、八個いちどに咲いた日に「ワァーきれいな青。誰か来ないかなあー。見てくれる人が他にもいると花も喜びそう。」と思った。

岩瀬直美　50歳

55

もう我のために生きたし秋桜

ずっと廻りに合わせて生きてきたような気がする。自分のために生きてみたい。

岩本喜代子　53歳

岩瀬さんの句は季語がなく、一行詩とでも言うべきものだが、「天上の青見せたき人」という表現が素敵。心身が青に染まるような人なのだろう。岩本さんの句の「秋桜」はコスモス。

平凡が嬉しといえて草の花
山口恵子 55歳

56

北風よからから俺の骨を吹け
西平信義

57

生き変る来世ありけり桜散る
大森克司

58

平凡な日常の味わい深さ。それを知ることが生きることなのかも。

59
カラスさえ実らす愛よ冬支度
三好二三子

60
赤リンゴ血と同じ色透きとおれ
和田志穂（中学3年生）

赤リンゴにも人の血と同じものが流れていることを直感した鋭敏な和田さんは、兵庫県伊丹市の天王寺川中学校三年生。

II　満足と後悔

この世を去るとき、人はどんな感慨を持つのだろうか。大きく分ければ満足派と後悔派になるだろう。だが、心から満足してこの世を去るのはかなりむつかしい。だから、宗教などが求められる。私は、「分け入っても分け入っても青い山」と詠んだ種田山頭火のように、ともかく死ぬまでは歩き続けようと思う。この世のあちこちへ。

61

さわやかな風に吹かれてボランティア

毎日小さなつみ重ねで感謝の人生に報いさせて頂きたいと思います。

西山青雲

62

今ありて落花はるかな思いかな

わが青春は昭和の動乱の中にありました。悔いなし。

竹中白湫　80歳

巨財や大きな名声を得ることは素晴らしいが、一方でまた、とてもささやかなことに自足する精神も素晴らしいと思う。ボランティアの精神などはその小さな満足。

63

深緑を貫き通す朝日たり

深緑の葉の透き間から洩れてくる朝日のように、みずみずしく、すがすがしい心をもって生きたいものだ。

山崎純郎　64歳

64

星今宵過去は言うまい今の幸

弟の遺言どおり弟の分まで生き延び、弟の分まで幸福な日々を送っています。ペースメーカーを入れて十四年目になります。

由利千鶴子

朝は太陽に、夜は星に出会う喜び。合掌したいくらいだ。

65

人生は汗をかきかき知恵を出す

私の人生は汗と知恵、努力。現在も汗を流しています。

糟野多実三　62歳

66

極楽はこの世に在ると母の盆

小脳出血で仆れて九年。でも母はお陰様で今年は米寿を迎える事が出来ました。寝たっきりですのに愚痴も云わず喜こんで日々を過ごしている母から大きな教えを戴く様で勿体ないと感謝しております。常に母から聞かされる言葉を句にさせて頂きました。

小泉文子　70歳

極楽はこの世にあると見定めること。それも人生の知恵にちがいない。

67

自らも桜と誇り征《ゆ》きし海

学徒出陣、元海軍中尉、比島派遣、魚雷艇隊。

川端邦太郎

68

冬枯れて勘定をすれば合う人生

去年十二月と今年二月に手術のために入院した。傷ついたり悩みも多かったが、難病にかかりながらも二人の息子に恵まれ、二人が健康で優しい子に育っており、人生まさに苦あれば楽で、幸、不幸が合っており、このまま死んでも満足のいく一生だと思う。

出口セツ子

不満ばかりの人生よりも、それなりに勘定して納得する人生がよい。勘定っていうのは意外にどうにでもなるもの。

69

人なればやがて死ぬべし涅槃西風《ねはんにし》

人の一生、または人の死は、浄土の風ともたとえられるだろうか。

清水利章　49歳

70

ふれあいの数だけやさしい花さかせ

人と人のふれあいがうすれていくこの時世、ふれあうほどに心の中にやさしい花が咲く咲かせていきたいという思いをこめて作りました。

瀬川成躬　58歳

「涅槃西風」は涅槃会の前後に吹く春の軟風。浄土からの迎えの風という。

71

大桜残さず花を散らしけり

私のもっとも好きな句「散るさくら残る櫻も散るさくら」に深い感動を受けて作りました。人智にはどうにもならない大きなものが流れています。

関川喜八郎　64歳

72

雨風の後《のち》たんぽぽの明日あらん

幼い一時期を覗けば、特に戦中戦後、風雪の日々であり陽の射す明日を夢みて働き、今も雨や風死ぬ日まで明日を夢みたし。

南郷美房

桜やたんぽぽは大自然の摂理に従って満足しているのだろうな、きっと。

八十年つとめ終りて雲の峰

家のため子供のためにと一生懸命に働いてきました。

福盛田　豊　82歳

73

納得のゆかぬまま消ゆ雲の峰

このようにならぬように、これからが正念場と思い、暮らして行くつもりです。

中谷三千子　60歳

74

「雲の峰」は入道雲。

75

ひまわりの強きを学び生き候

戦中疎開していた小五の私は地元の子たちの間で随分疎外感を味わいました。父を戦争に取られ四人の子を食べさすためまっ黒になって働いていた母は、泣き虫の私にひまわりのように強くなれといつも励ましてくれました。

水野美那子　64歳

76

わが句碑は夫《つま》が墓標よ一位の実

俳句ブームの昨今この道に手を染めて二十年余り、上達からは程遠い。しかし、俳句は味わい深くつれづれに楽しんでいます。

石岡節子　64歳

ひまわりと夫の墓標の共通点は？　立って遠くを見ていること。

77

曲折もあれど悔いなき鉄線花

結婚生活も四三年になります。得難い上司と三十余名の部下に恵まれ生き甲斐だった職場を勇退し、道を譲り、今好きな植物と向かい合って趣味に生きています。終り良ければすべて良しの心境です。

中野悦子　67歳

78

母の日や何も飾らぬくすり指

父母に早く逝かれた私達姉弟は四人とも身に職をつけて生きて来ました。私も美容師として三店を経営して来ましたが、腎不全と仕事中の手指の傷、足も永年立っていた故で人工骨、もう健全なところはありません。借金ではじめた仕事で、今やっと借金はありません。美しい指輪一度も買った事ありません。もうやり直しは効きません。

岡島喜久香

鉄線花に満足。そして何も飾らぬくすり指にも。良い人生を過ごした人たちはなにげないものに満足する。

我なりの小さな生活《くらし》髪洗う

夫の亡きあと子供とどうにか生きていけることが幸福に思えるのです。

米田久美子　54歳

79

涅槃西風《ねはんにし》はずれたこともすこしせり

はずれたことのみがなつかしくもある。

品田まさを　66歳

80

「髪洗う」は夏の季語。岡本眸の俳句に「洗ひ髪母に女の匂ひして」がある。女が髪を洗う感じで、男は「はずれたこと」を少しするのか。

生きること晴れの日雨の日すべてマル

晴れたり雨が降ったり風がふいたり、時には嵐が来ることで、この地球は豊かであるように思います。それは人生にもあてはまるのではないでしょうか。

富田和枝　33歳

81

真正直に角《つの》振るのみのかたつむり

真正直なるが故に会社の主要ポストよりはずれ定年を過ぎて十年。最近の新聞紙上を賑わす大銀行の頭取大会社の社長の犯罪や汚職を聞くにつけ、持って生まれた真正直しか出来なかったことに悔いはない。

新井爽風　71歳

82

富田さんの快活さも、新井さんのちょっと角のある感じも好き。この人たちは自分を信じている。

神主もカラオケ歌う秋まつり

神主は私の中学校時代の厳しい校長でした。その校長も八八歳で他界、我が地区の秋まつりに祭示に来て余興のカラオケ大会に出場された。我が師と私の辞世の句としたい。

島田典征　57歳

83

寒戻り葬儀無用と書き遺す

立春は過ぎたが冴え冴えした寒さ。寒が戻ったらしい。気にかかっていた遺書を書いた。「葬儀無用」と締めくくって。

清水良次　66歳

84

八十いくつの伊豆半島に住む女性と文通していた。お互いに写真を交換したりした。あるとき、新聞にくるんだエンドウが届いた。「隣の畑のもの。失敬しました」とあった。その人がいっそう好きになった。

85

何これと書き遺すには雪まぶし

昔気質の仕事一途で家族に不器用な父が、癌で死ぬ二年前に出会った俳句に母と私たち二人の娘へ想いの限りを言葉として遺し、一冊の句集になりました。その中で、この句は照れ屋の父らしい辞世の句ではないかと思い、昨年ホスピスでなくなった父の代わりに投句いたしました。（投句・高橋真理）

五百木麦芳　63歳

86

吾に残る春秋いくつ思い草

今年も生きさせてもらって、思い草に会えてよかった。

井上洋子　65歳

「思い草」はナンバンギセルの古い名前。ススキ、ミョウガなどの根に寄生する。

87

誠をば押し通し来て今年竹《ことしだけ》

私は曲ったことが大きらいで、八四歳の今日まで誠意一筋を通して来た。今年も若竹が真っ直ぐに伸びた。吾意を得たり。

棟田正史　84歳

88

白桃の薄皮を剝く程の幸

父親の面影も知らず戦災で無一物となりはい上がった現在、でも幸せを感じています。

國井世津子　62歳

タケノコの皮に梅干しや夏蜜柑を包み、端からちゅっちゅっと汁を吸った。あれ、子供のころの幸だった。

これほどのことでありたり夏の草

数川晴彦　49歳

89

今生や芯《しん》は白骨身は樹海

入江一月　44歳

90

逢わずとも生き甲斐でした瞼《まぶた》の君

日下黎子

91

「芯は白骨、身は樹海」の私にも「瞼の君」がいました。夏草のかなたに。

晩年を涼しくあずけみほとけに
古賀豊正　75歳
92

原爆忌思えば長き余生かな
羽田三郎
93

なしとげて散りゆく落葉おのずから
奥田謙敬
94

「風が吹く仏来給ふけはひあり」は二一歳の高濱虚子の俳句。虚子は昭和三四年春に八五歳で亡くなるが、亡くなる寸前に「春の山屍をうめて空しかり」と詠んだ。生きていてこそ人生だ、ということか。

95

我が人生春蘭の花急ぎ散る

夫婦は共に白髪が生えるまでと思っていたが、春蘭の花のジジババの様に仲良く散ることができなかった。かなしい私の人生。

辻　敏子　48歳

96

向日葵《ひまわり》は化ける稽古のまだ半ば

少々の未練……そして、あっけらかんと逝きたい。かの子規様だって化けて出たいとおっしゃった。私だって化けてゆきたいところの一つや二つ……。

ふけとしこ　51歳

ふけとしこさんには「まるまるとゆさゆさとゐて毛虫かな」（句集『鎌の刃』）という傑作がある。この句に敬意を表して私は彼女に〈毛虫のふけ〉とあだ名を呈した。実際、彼女の鼻はまるまるとしてかわいい毛虫とそっくり。さわりたくなる。

思いのこすことあるぞなもし豆の花

いくつになってもこの世に未練をもってあの世へ行くつもりです。

松本京子　55歳

97

春愁や素顔の私置き去りに

よそ行きの私、つくろった私、化粧した私、忘れられそうな素顔の私、これからもそんないろんな私を大切に、生きてゆきたい。

秋村トミ子　56歳

98

「〜ぞなもし」は漱石の小説『坊っちゃん』に出る四国・松山の言葉。松山出身の正岡子規はため池のそばに咲くエンドウの花が大好きだった。「好きぞなもし」と言ったに違いない。松本さんは子規と同郷の人。

99

梅を見て桜見る間の正座かな

「丈夫で長持ち」これが私を選んだ夫の一番の理由でした。なのに平成五年八月ゴルフのプレー中に救急隊のお世話になりました。二月生の私は新しい年を迎え梅のたよりが聞かれるころ、ああまた一つ歳を重ねることができたと感無量でした。まもなく大好きな花の雨を息をつめて見ることのできた幸福を今忘れることなく大切に思っています。

杉山涼子　60歳

100

酒断ち愛断ちとおい海で死んでやろう

酒もやめた！　老いらくの恋は遠い夢だった！　病骨は太平洋のどまん中で沈めてやる！

高桑　聡　80歳

正座は苦手だが、女性が庭など眺めて座敷で正座している姿勢は大好き。そのすぐそばでゴロンと横になりたい。

101

一枚の森の木の葉よ土となれ

ホモ・サピエンスから十万年、合計何人の人間が生まれ死んだのか。この森の葉の数ほどでもあろうか。そして自分は結局何者なのか。とうとう名を残すこともできなかった。しかし、まあ森の、名もなき一枚の葉として、木を太らせ、散り敷いて土となるや再び命を育て、それでいいではないか。

加須屋　実　61歳

102

桜咲く日本に生まれてよかったよ

先ず日本の国土に感謝すること。中でも桜は世界に誇る花です。

山広実美　87歳

桜のサは穀霊、クラは神のいる場所という語源説が気にいっている。昔、畦などに桜が咲くと、「ああ、あそこに穀物の神がおいでになった」と感じて、人々は春の農作業を開始した。

103

いのちなりこれで良きかな罌《け》粟《し》の花

死後は献体を考えております。

栗田すみえ　76歳

104

鰯雲漂泊に憧れにけり

すきな言葉を並べただけの十七字。ロマンは誰でも持つもの。

恒松繁政　43歳

「鰯雲」は秋の雲。人々を漂泊へ誘うちょっとはかない感じの雲だ。

身の丈の夢も叶《かな》わず遠花火

自営業者となった夫の手伝いで、私の自由は無くなり、小さな夢さえ諦めなければなりませんでした。でも、先に明るい光を見ながら歩いて行きたいという思いは、今でも持っています。

中本三鈴　45歳

105

冬野突き進みし路やひとりなり

少しきびしいかもしれませんが、結局人間はひとりです。いつもそう言い聞かせてがんばってきました。最後の日が来るまで強く強く生きたいと思います。

三井孝子　48歳

106

振り返って見ればいくらかの不満が残る。それが人生というもの。などと割り切るのはなまいきだろうか。

白髪は知恵の冠ちちろ鳴く

老人は尊ばねばならぬと前から思っていましたので一句作りました。

岩村フミ子　72歳

107

雨《う》後《ご》の月かくありたしと愛も死も

結婚四七年いつも夫に感謝しています。二男一女孫七人

吉川世志子　71歳

108

わたしの本名は「としのり」。一字を替えると「としより」になる。なんだかおかしい。

109

草鞋酒《わらじざけ》交して行かん草泊り

友田明光 57歳

110

懸命に生きて得し幸冬茜《ふゆあかね》

杉野静江 65歳

111

思い切り生きて悔いなし雲の峰

河村久子

秋、草刈りに行き、草刈場の仮小屋に寝泊まりすることを「草泊り」と言う。秋の季語。

112
九十年生きしこの身の不思議さよ
山北ヤエ

113
癌《がん》病みてまる七年の夏ざかり
浅沼民子

114
幸せはもういりません野《の》紺《こん》菊《ぎく》
行広史子 52歳

「野紺菊」は、秋、ヨメナに似た紫色の花をつける。いわゆるノギクだが、私は毎年、秋になると伊藤左千夫の小説『野菊の墓』を読んで泣く。甘くて他愛ない人間だ、私は。

恵まれし一生《ひとよ》逝く日は花の雲

大して努力もしないのに何時も過大評価されくすぐったい様な一生でした。この上に又欲ばって誰かさんの様に逝く日が花の盛りであったら最高と思います。

大竹みつゑ　66歳

115

まいた種刈取る老の鎌軽し

朝鮮から引き揚げて来て苦労しましたが、親からまかぬ種は生えないと教育され、人にやさしくその立場にたつ事を心掛けて来ました。

堀　宏子　65歳

116

最近、鎌を二本買った。道端や公園の雑草を妻といっしょに刈るため。草刈り夫婦になりたい。

うつくしき老いとやいわん花疲れ

井上禄子　82歳

117

死ぬ気などさらさらなくて新走《あらばしり》

松本可南

118

「花疲れ」は花見に出歩いて疲れること。「新走」は新米で作った新酒。この二人の俳句は豊かな老年そのもの。

Ⅲ　その日には

その日、つまり臨終の日に、私たちはどのように考え、どのようにふるまうのだろうか。その日を想定することはつらいが、その想定は、死に向かって自分を鍛える、そういう欠くことのできない訓練なのではないだろうか。

正岡子規は日々に悪化する病気を日常とした人であり、いつもその日を身近にして生きた。「柿食うも今年ばかりと思いけり」はそんな子規の死の前年の作。子規は大の柿好き。

119

運尽きて死せるにあらずくつわ虫

晩秋、猫額の庭で、虫がすこし動きながらころがっているのを見ていました。虫の自然死を眺めて見ました。

福田泰彦　70歳

120

ふるさとや雲のはやさを見ておれば

秋田県は羽後の鳥海山の裾野の雪深いところが生地。上京後数十年帰京の折の作品です。

佐々木いつき

自分の死を考えることは怖い。怖いが、しかし、何度も考えることを通して、私たちは自分を鍛える。佐々木さんにとっては、雲の去来する故郷が死に場所なのか。

121

夫《つま》よ子よ友よ野山よありがとう

常日頃、死ぬ時は何と思う（言う）だろうと考えていますが、やはり出会った人々や自分をはぐくんでくれた自然や体験への感謝のことばだろうと思います。

益田孝代　45歳

122

猫抱いて眠らん春の雲の上

自他ともに認める愛猫家で、平成八年に『猫』という句集を出したほどです。辞世の句も猫抜きでは考えられません。

金子　敦　37歳

最後の言葉を何にするか、何を抱いてあの世へ行くか。そうしたことを考えることも自己の鍛錬になるだろう。

株根分け後は任せん花見どき

二人の子供等は都会で世帯を持っています。私の死後誰でもよい、花の盛りの日に見ていただきたいものです。

親松和枝　59歳

123

神の辺に蝸《か》牛《ぎゅう》わが殻返上す

周りのすべてに先を越されながらも黙々と生きて来た蝸牛の如き吾。今、その重き殻をはずし、神のものを神に返す。

野村士朗　65歳

124

後を任せることには勇気がいる。決断もいる。死を見つめることがそんな勇気や決断力をはぐくむ。

終《つい》の日はたんぽぽの絮とぶように

風にさそわれてたんぽぽの絮がひとつ、又、ひとつ、はなれてゆく。毎年見る風景である。それを死と結びつけたのは、はじめてだ。やはり齢のせいだと思う。辞世より願望の句になってしまった。

中村啓子　73歳

125

朝顔や食いはぐれたる飯の数

あれも食べておけばよかったこれも……と思い残らぬように食べているところですがそれでも……意地きたなき男の最期はこんなものでしょう。

中原道夫　46歳

126

中原さんは精力的で多趣味の現代俳人。その彼のエネルギー源は、なんと、意地汚いまでの旺盛な食欲だった！

春の雪別れ上手でありにけり

一昨年、墓碑銘を考える機会があり、その折に遺骨は立山の室堂平に散骨することに決めた。今回はこれを機に、残された時間がわずかだとしたら、誰れに別れの手紙を書くだろうかと考えた。いま、誰れ彼れの顔を思い浮かべている。すでに別れた顔も混っているが、辛さは消え、なつかしくさえなっている顔がある。春の雪が降れば私を思いだしてほしいという思いも込めて、この一句を。

岡村和子　51歳

127

松かさの大地を敲《たた》く音を聴く

阪大、待兼山キャンパスにて。辞世→慈世→示世。

村島麗門

128

上の二人に私の俳句をプレゼントする。「熱の手を預けたままに春の雪」「三月の松林なりキスをせん」。

僕の隣は鍵のいらない桃くれない

生きていくためにいろいろ人と抗う事もありましたが、最期は大らかにのびのびと終焉にしてみたいのです。できるならおだやかに笑みつつ、なつかしいふるさとに帰るかのように。

金澤ひろあき　39歳

129

願わくは小春日に発つ黄泉《よみ》の道

父は寒風の中を旅立ちました。私は出来ることなら小春日和にのんびりと天国への階段を登りたいものです。

田村善伴　65歳

130

「桃くれない」は桃色という意味だろう。あの世が桃色で、しかも鍵のいらない世界だなんて、いいなあ。

生きって手ぶらで渡る黄泉の国

この世に悔を残さず、きれいさっぱりとおさらばしたい。手ぶらで生きて、手ぶらで旅立ちたい。

佐藤千鶴子

131

経不要臓はやらぬぞサヨウナラ

葬儀はしない。法に添い二四時間後火葬。死顔は見られたくない。家族に申してます。

阿部玲子　59歳

132

手ぶらで、あっさりとあの世へ行く。それもいいかも。

戦友よ俺は脳死で世に尽す

特攻で戦死した学友が二人いる。五十余年間すまぬと思いつつ生きてきた。この度脳死が死と認められたので、臓器を提供して世に尽したいと思う。

後藤彦次

133

舞い落つる花ひと片《ひら》を遺書として

花が好き、まして桜の花は　さくらの花の様に散り逝くものならすばらしい事でしょう、私の好きな一句です。

押田みよ女

134

上の二人を無理に合体させると「脳死あり桜花一片中空に」という俳句になりそう。

蒲公英《たんぽぽ》の架《わた》浮くように逝きたしや

延命具のチューブを蛸のように四方八方にのばし、酸素マスクをつけて喘ぎ続けたくはない。アッケラカンとした昇天でありたい。

平井辰夫　69歳

135

黒南風《くろはえ》に巻かるるように登りつめ

学生時代に化学で昇華をならった。固体からいきなり気体になる現象になにかひかれたのを覚えている。精神がすっと登りつめたように昇天できたらと願う。

高木伸宜　63歳

136

死を生物の自然な現象として受け入れること。このことにも用意や覚悟がいるだろう。

137

三人子に何を遺さん雪うさぎ

結婚後二十年間家庭と職業との両立を図りながら三人の子宝に恵まれたが、ある時に受けた子宮癌検診で要精密を指示され、医大へ紹介された。幼い子供たちを前に、我が身の「もしも」の時を思い、生きていく術を伝えねばと思った。

臼井良子　45歳

138

思春期の悩むわが子に無言のエールを

管理制度化の長い義務教育を終え、自分でえらんだ高校へ夢をもって船出したのに、何ら今までと変わらぬ高校生活に夢破れ悩んでいる子供を目の前にして何も云えず、ただ山越えしてくれと心を痛める毎日を送っています。子供たちに心のやすらぎをと切に願う母親です。

椋野勝子

子孫に美田は遺すまい。

139

死が近し独り呟《つぶ》やき野分聞く

何時もぐちぐち独り言をいいながら歩く年輩の独り者の老人が亡くなった。家も財産もなくしバラック建てに住んでいた。

鈴木さちよ　61歳

140

古里のれんげ狭州田《さすだ》にさようなら

九年間にわたる大きな開腹手術のあと、生死の境を少年となって古里種子島の生家のある狭州田《さすだ》の自然と父母に、「さようなら」の挙手の敬礼をなして、辞世の句を用意。

鮫島宗春　73歳

最後の「さようなら」を言うまでに、私たちはいったい何度の「さようなら」を口にするのだろうか。

141

そのかみは好きともいえずおじぎ草

初恋の人へ。転校生だった私は注目されるだけでも、本当に苦しかったんですよ。

三神あすか　58歳

142

老鶯よ大気に帰す日鳴いてくれ

自分が宇宙のかなたに消える日、鶯に一声鳴いて貰いたい。それだけで私は満足してあの世にとんでゆけるだろう。

近藤栄子　55歳

いよいよ死ぬというとき、初恋の人がやってきたら、どうなるだろう。ショックで死期をはやめるだろうか。それとも、ショック療法になって元気が回復するか。

143

み佛のみ声聞こゆる枯野かな

はるかなる枯野に佇ちて人生を振り返りみれば、芒の声も虫の音も爽やかに吹く秋風も、唯々、佛の声に聞こえてくる。人生の最期はやはりお念仏である。

宝田艸人　50歳

144

夕凪に焼けや魔性の身をこがし

ヤクザなコトバアソビに一生を費やしました。定家卿にあやかりたい。浜に打ちあげられた流木で死体を焼き、灰は海に流してくれ。

窪田　薫　73歳

私は窪田さんに近い。
残念だが、まだみ仏の
声を聞いたことがない。

直線になってみなさんさようなら

心臓カテーテルの検査中に心筋梗塞を起こし、心臓停止の経験があります。死ぬという事は心電図の波形が直線になる事だったのです。

小池美江　50歳

145

死ぬ時は家で死にたい秋の頃

身内だけで質素にお葬式をあげて頂きたいです。死ぬ時も、家で死にたいですね。家族に迷惑をかけるかもしれませんが、できれば、最後まで普通に自分の力で生きていたいです。看護婦を十年していたので自分の体は自分で守っていきたいです。もし、脳死となったら直ちに全ての臓器を提供したいです。そうして、大好きなコスモスか、秋でなければ、かすみ草の中で死にたいです。

三浦睦美　31歳

146

西行は「ねがはくは花の下にて春死なんそのきさらぎのもち月の頃」と詠んだ。この歌に触発されて、私は「きさらぎのもち月の頃一族の靴散らばってあおむきもあり」と詠んだ。

甘くなき栗も尊し許されよ

今まで甘い物ばかりを追いかけて来たような気がする。早道よりも遠廻りの道の方が豊かな道なのだという事も、今頃になってようやく分かって来た。母達は甘くない栗は甘くして我々に食べさせてくれた。馴染めぬ味は馴染める様に、あれこれ工夫する事こそ大切なことではなかったのか。楽な道、与えられる事ばかりに馴れてしまった戦後世代は、死んでも父母の世代に頭が上がらない。〈蟻よりも跳んだつもりのキリギリス〉

関根誠子　50歳

147

黒潮へ散骨でよし海《かい》紅《こう》豆《ず》

特攻隊生残りの身は、戦友の眠る南の海へ帰りたい。

緒方　輝　70歳

148

あるとき、正岡子規は愛弟子の長塚節から栗をもらった。虫食い栗だったが、「君がくれた栗だと思うとうまいよ」と礼状を出した。子規って泣かせる。

我が骨は海に撒《ま》けよと西瓜《すいか》食う

自然葬がはやる時代になった。葬式をしたり墓を建てたり、わずらわしいことは止めて自分の好きな海に入れてほしい。

西川昭一郎　68歳

149

海に散骨してほしい人が多いようだ。海辺で育った私は台風とか海難事故を通して海に対する恐怖感を抱くようになった。海辺は好きだが、海の中はどうも。

いつにても天寿と云わん落葉焚《た》く

終戦時十八歳、簡閲点呼にて、病弱ながら戦争があと半年つづけばおそらく戦死か戦病死していたと思う。それ以後の五十年の歳月、多くの知己知友に先だたれた。今生きているのが不思議でもある。

舘川京二　70歳

150

151

我去《い》なん露の大地に口づけし

先年エチオピアのロバといふマラソン選手がオリンピックで優勝の時、走り終えたら、地にひれ伏し、感謝と祈り(?)を捧げた映像が忘れられません。私もこの年齢まで生かして頂いた万物への感謝と祈りを捧げたいと思います。

田中法子　72歳

152

終章へ別れを告げる春の庭

結婚の翌年に主人の発病以来、子供たち三人はよく苦労を共にしてくれました。私は七五歳、親孝行でうれしいです。

岡永光子　75歳

「くれないの二尺伸びたる薔薇の芽の針やわらかに春雨のふる」(子規)。

153

骨つぼに罪と業入れ梅真白

無頼派ぶった人生の最期。

米澤たもつ　61歳

154

戒名はいらざるものよ曼《まん》珠《じゅ》沙《しゃ》華《げ》

「戒名（法名）は、本来の意義は生前に戒を受け仏弟子として生きることにある」法外な戒名料を平然と要求する寺もあり、また、戒名を依頼する側の見識も、また問われるべきである。遺族の自己満足以外の何ものでもない。仏教徒として日々を生きることの証が戒名。

岡本浩哉　74歳

今、墓のそばに住んでいる。かつて墓地のそばの住宅は嫌われたが、墓地が明るくなったこともあり、住環境が抜群になった。しかし、カラスが多い。

155

吾が時は御手のまにまに木《こ》の葉《は》髪《がみ》

私はキリスト教信者。

平松　薫（女）　83歳

156

朝《あさ》涼《すず》や白雲遠くながれけり

人生すでに五十歳をすぎると終着駅をなんとなく身近に感じてくる。ふと目を窓外に向けると白い雲がはるかに流れていく。私の死を暗示するがごとくであるように、涼しい朝に。

横森　倶　55歳

「吾が時は」は私が天に召される時。「朝涼」は夏の朝に感じる涼しさ。

老いゆくはゆったり蜷《にな》の道のごと

急いで年はとりたくないもの。好きな俳句を詠みながら、三日寝込んだ位であの世に往けたら最高。

小野靖彦　57歳

157

献体の手続き終えて花種蒔《ま》く

独り暮らしの私は、医学の進歩を願って献体することにしました。紆余曲折いろいろありましたけれど、この程やっと手続きを終え一安心。心も晴れ晴れとベランダのプランターに花の種を蒔きました。いつか私の仏前に供えられるのかも知れないと思いつつ。

大下慶子　62歳

158

「蜷」は巻き貝。カワニナ、ウミニナ、イソニナなど。俳句では春の季語。

紅葉に染まりつつ逝きたく候

あたりの木々が色づく頃は空も澄み爽やかで私ひとりのために集まって下さる方々に対してよいのではと思うものです。この夏があまりにも酷暑だったせいかも知れません。

近藤敏子　66歳

159

秋風や臨終《いまわ》に会わん人一人

初めて男女共学となって私が魅せられた人に臨終の時に一目会いたいと思う切なさです。

市川令子　64歳

160

上の二句から連想したのは三橋鷹女の次の俳句。

「この樹登らば鬼女となるべし夕紅葉」

「白露や死んでゆく日も帯しめて」

161

春風に吹かれて閉じる眼《まなこ》かな

子供もようやく巣立ちして自分のことを考える時間が出来る年齢となって来ました。順風満帆とはいかなかった人生ですが、せめて死ぬときには春風駘蕩で終りたいと念じております。

吉田敏子　50歳

162

海に座し花の盛りを見とどけん

西方に行く前に、海からの眺めを終りとしたい。

白石松好（佐ノ津一已）　65歳

吉田さんも佐ノ津さんもちゃんと自分の死のかたちを想定している。その覚悟に感服。もっとも、予定どおりにはいかないだろうが。

春汐の彼方朧《おぼろ》や帰らなん

紆余曲折もあったが、いつの間にか年齢を重ねた。人はいつかはこの世を去るもの……。残った者の幸を心から祈り、私は朧にけむる春の海の彼方に帰ろう。

森　光子　70歳

163

落《おち》椿《つばき》吾れ汝《な》のもとへ帰りたし

一日一日を大切に……。コトとお迎えのあることを願いつつ。

有本よし江　81歳

164

「帰る」という言い方はいいなあ。どのあたりのどんなところへ帰るかなどと想像すると、不安よりも楽しみが増しそう。

そのうちに春の風吹くさようなら

家族宛です。

杉本　章　59歳

165

花《はな》万《ばん》朶《だ》甘納豆を枕辺に

寒の最中に生まれた私は死ぬときは暖かいしかもさくらの満開の時に、そして子供の頃から好きな甘納豆を枕辺においてやすらかに、うふふふふ、と笑みながら……。

橋場千舟

166

杉本さん、こんな無責任な言い方をして大丈夫？　家族に叱られそう。橋場さんの「花万朶」は桜の花の多く垂れさがった枝。「三月の甘納豆のうふふふふ」と詠んだ私も、甘納豆を食べながら往生できたら最高。

167

野路菊や探し求めば庭に満つ

「野路菊の里」の新聞の記事にひかれて訪れば庭の菊と同じでした。亡夫は庭一面にさく自然の菊をこよなく愛し、平成六年二人で最後の菊をめで亡くなりました。

北後昭子

168

熱燗に蟹をアテしてグッドバイ

黒川盛夫　70歳

「野路菊」は西日本の海岸などに自生、高さ約一メートル。白い花をつける。

169
素手素足にて銀《ぎん》漢《かん》に紛れけり
三木蒼生

170
寒《かん》紅《べに》をひきて晩節汚すまじ
杉原さつき

171
冥《めい》途《ど》へのみやげに花火あげてくれ
橋本和夫

「銀漢」は天の川。三人の三様の思い、それぞれによくわかるなあ。

春風と共に行くよとあと頼む
林本幹栄
172

心太《ところてん》押《お》されて出でし向《むか》い側《がわ》
大塚俊雄　41歳
173

骨壺に酒ふりかけよ合《ね》歓《む》の花
梅本豹太　72歳
174

春風と共に行くのは素敵だが、でもちょっと勝手？　でもこういう勝手はゆるされるのか。

175
点《てん》鬼《き》簿《ぼ》は墨書に限る花《はな》筏《いかだ》
瀧　春樹

176
この耳にしかと今年の蟬《せみ》時《し》雨《ぐれ》
松永タイ　80歳

177
酔《すい》芙《ふよ》蓉《う》一生永しと思わずや
田中政子　60歳

一生は永いとも言えるし、そうでないとも。日によってその判断が変わるから微妙だ。

178
籐《とう》椅《い》子《す》に揺られそのまま逝くもよし
西内千里　51歳

179
朝顔よもう一服して眠ろかな
一谷和治　49歳

180
昨日まで楽しく喋って今《け》朝《さ》バイバイ
山下ハルコ　71歳

この頁には〈その日〉を楽しく迎える句が並んだ。楽しい死って、あっていい。

おろおろとするなひと眠りしてすぐ戻る
川口凡人　68歳
181

花柊《はなひいらぎ》みんな仲良くくらしやれ
斉藤千鶴子　69歳
182

わが逝く日三途の川も水澄むや
島田節子　86歳
183

この頁の句も楽しい死を期待している。

願わくは昼寝のままの大往生
平井勇吉

184

降る雪や我が身の丈を埋め尽くせ
貞広　均　49歳

185

夜という名の梟《ふくろう》と旅に出る
高山雍子　79歳

186

夜という名前の梟がいる。実は夜そのものがその梟なのだが、ともあれ、その梟と共に旅に出ることが死だと高山さん。梟と共に旅立つと考えると、なんだか胸がときめく。

亀鳴くと言い残したる女かな

桐木榮子　57歳

187

場違いなことこれっきり酔芙蓉《すいふよう》

武井康隆　50歳

188

秋《とき》くればバッハを聴いて死ねばよし

中川肇　60歳

189

武井さんは場違いなことばかりを繰り返して来たのだろうか。そんな彼の最後の場違いな行為が死ぬこと。もっとも、亀鳴くと言った女も、バッハを聴いて死ぬのも場違いかも。

190

生きていてよかったけれどもさようなら

犬丸志保（中学3年生）

191

小春の日私も行こう土の中

木下智絵（中学3年生）

上の二人は伊丹市天王寺川中学校の三年生。

「さようなら」はどうしょうもなくやってくる。そのどうしょうもなさが人の生きる現実なんだね、犬丸さん。

Ⅳ　死の眺め

次は高村光太郎の詩「レモン哀歌」（『智恵子抄』）の一節。死ぬ直前の智恵子のようすを歌っている。

そんなにもあなたはレモンを待っていた
かなしく白くあかるい死の床で
わたしの手からとった一つのレモンを
あなたのきれいな歯ががりりと嚙んだ
トパァズいろの香気が立つ

癌で逝《ゆ》く友の姿や乱れなし

五年前に愛する友達をガンで失いました。その方は生涯独身で教育一筋の方でした（65歳で没）。末期が近づいて身の回りを一人で整理されている姿を思い出すさえ今でも泣けて参ります。でも彼女はいつも笑顔で化粧さえされて死の直前まで美しい方でした。この方に近い姿で最期が迎えられるよう、そろそろ準備していますが、仲々はかどらないのは、マダ大丈夫と云う気持ちのためでしょうか。

戸澤千代子　68歳

192

遺書をかく分別残して菊づくり

わたしは白菊会の会員である。いつ迎えがきても医学生の役に立てると思うので「死もまた涼し」で生きている。

笠原俊之助　80歳

193

癌であることを母にかくしていた。でも、母はわかっていたらしく、亡くなる数日前、珍しく乱れて「私をみんながだましている」となじった。死ぬ寸前には愛唱していた唱歌を、寝たまま、大きな声で歌い、歌い終えて涙をこぼした、一粒。

里の世に還る夢なし雪桜

初めて俳句を作りました。俳句とは季語を入れる五七五だと本で知りました。知識もキャリアもありません。けれどももし明日自分が死なねばならないと思ったらこの言葉になりました。きっと自分でもわからない本音なのだと思います。

土井透江　29歳

194

遠雷の闇とどろかす病みの窓

白血病との闘病中、八月三一日作。弱音やぐちを一言も言わず、この句のみ残しました。(投句・岸本　哲)

岸本美喜三　72歳

195

死は闇に似ている。不思議で怖い闇。でも、そこを突っ切って行くほかはない。

196

トンネルを出て百キロの良夜かな

いろいろとトンネルをくぐってきた。そろそろ人生最後のトンネルか。通り抜けたらなにがあるのでしょうか。

市村重正　73歳

197

逝くわれを地上の花火見送れり

あの世で花を咲かせたし。

内山秀隆　55歳

死という闇はトンネルのようなもの。そのトンネルの果てに何があるかは誰も知らない。

桐一葉死も遺伝的プログラム

ビッグバンがあり、宇宙が生まれ、元素が生じ、銀河が太陽系が地球が生まれ、生命が発生し、遺伝子が進化する。プログラムがあるのかないのか、環境に適当に適応し、推敲されるプログラム。俺の一生も、死も、そのプログラムの中にある。

窪田　薫　73歳

198

入《いり》日《ひ》色《いろ》に染まって還る羽《は》抜《ぬけ》鶏《どり》

羽抜鶏でも最後まで懸命に生き、入日色にそまり土に還るのみと念じております。

長谷川みさを　68歳

199

死は遺伝的プログラム。そのことが理屈としてはわかっていても、理屈だけでは納得できないのが死というもの。

200

絶命は山・秋・自死とも決めかねて

かぞえ五十五歳前後に自死を考えましたが、窮→変・転して還暦に到りました。しかし、自己流の安楽死を決行する時期があるなら、朱夏や玄冬よりは白秋をと願っております。

中田内臓司　59歳

201

やがて天に還る日までを研ぎ上げる

いつか私も天国へ還っていくのでしょうね。神にさだめられたその日まで、一生懸命生きたい。いのちを研ぎ続けながら…。

熊坂美江　67歳

死はいつも予定を越えている。つまり、プログラムをはみだしている。それでも人々は、死をなんとか予定やプログラムに組み込もうとする。

俺の柩《ひつぎ》おれが運んで冬銀河

天国を信じているわけではないが、三途の河原を渡るときには、柩を船代わりにして宇宙の果てまで、エイコーラ・エイコーラと行きたいものだ。

志解井司　79歳

202

雪国に生まれ深雪《みゆき》をひとり行く

因幡は雪国である。その故郷で死を迎える幸せは、妻、子供、兄弟、友人等が雪女、雪男となって私を取り巻いてくれる。

山根暁風　74歳

203

寺山修司の俳句に「枯野ゆく棺のわれふと目覚めずや」がある。彼も俳句で死後の自分を見つめた。

204

死のめどのつきたる今朝の立夏かな

明るくおめでたい、希望のあるものとして死をとらえることにした。

梨本洋子 55歳

205

辞世の句詠み得たりけり天高し

これで心おきなく父母の許へ行けます。後の人々の幸せを祈りつつ。

高田紫乃 78歳

不安や懐疑の末にふっと明るい思考が訪れることがある。死についても同様。

蓮咲くや死んで行く日の写真選《よ》る

父、母、兄、姉二人、弟二人と肉親七人を三十歳代から六十歳で亡くしました。死んでいくのは本当に大変です。次は自分と思えば恐くてなりません。

大内紀子

206

蛸《たこ》壺《つぼ》にそろそろ帰る心地かな

八面六臂と今の世と格闘してきたが、そろそろ永遠の居どころに帰って、逸楽の夢にひたりたい気がするときがある。

百万本清　55歳

207

恐怖でもあり逸楽でもある。そんな不可思議なものが死。

行き暮れて蟻《あり》に引かれてゆくわいな

「重いだけで煮ても焼いても食えそうにありませんぜ」などと蟻に言われながら蟻の餌におさまる事が出来たらどんなに良いでしょう。「はい、おばあちゃん、おむつの時間でちゅよ」なんて事になるのかと思うと立派な辞世句は出来ません。死んでも役に立たないので少しボランティアをしています。

田村治子　53歳

208

生命の核は輪廻《りんね》と大欅《けやき》

現代の科学は人の心体は滅しても遺伝子により永遠に受けついでいると語っている。死に対する勇気がわく。

戸口照夫　69歳

209

「冬蜂の死にどころなく歩きけり」は村上鬼城の俳句。

岸をいま離れんとする蓮見舟

蓮の浄土へといま岸を離れんとする美しい母の面差しを
いつまでも忘れまいと。

桑田和子 56歳

210

光《こう》合《ごう》成《せい》終えし枯葉や地に還《かえ》る

緑色植物の葉は光合成により酸素を放出して地球の環境
を支える。使命が終れば枯葉になって地に還る。人生も
同じだ。

宮本 司 73歳

211

死を「大地に還る」と
言い換えると、少し気
分が楽になる。

賜りし余命もここに冬の蝶

心おきなく〝合掌〟

中田敏子

212

夜の海深く深くと月を呑《の》む

ふるさと三河湾に浮かぶ日間賀島での秋の旅吟。月明かり。自分の生命も大海に吸い込まれるようであった。

大見寛司　74歳

213

高屋窓秋に「ちるさくら海あおければ海へちる」というきれいな句がある。

死ぬことは笑いのつづき松の芯《しん》

人間はいつかは死なななければならないもの。向こうの世で続きをやるつもり。こんな風に割り切っている。残った者も深刻に思わず、なごやかに送ってもらいたい。

山田晃裕　67歳

214

二五三〇献体の吾《われ》蟬むくろ

私の献体番号は二五三〇です。死ねば蟬むくろと同じぬけがらです。

枯木良子　68歳

215

「春を病み松の根っ子も見あきたり」は西東三鬼の絶筆の句。

ひそやかに死もまた一《いち》会《え》秋落《らっ》暉《き》

まことに一期一会の人生、生死もまたそうであろう。祖父母より、父母よりも長く生きた人生、八十年。一日一日が臨終と思うこと切です。また一日一日がありがたいことです。

助田小芳　80歳

216

しゃぼん玉いまがはじけるころ合いぞ

つぎつぎと生まれては壁にぶつかり、はじけるしゃぼん玉。いま大きなしゃぼん玉が壁にぶつかりはじける頃、そろそろはじけたらと思う。今春四月、癌告知され手術。回復に向かっている。子は中三であり、まだまだ生きなければと思っている矢先である。

小倉晨峰　50歳

217

「落暉」は夕日。「しゃぼん玉」は春の季語。

明《あけ》の春決めし戒名餡麵麭《あんぱん》居士《こじ》

幼児より無類のアンパン狂なれば。

田代寿一 62歳

218

空蟬《うつせみ》は桜の幹にすがりていたり

私もこんな風に思いを残して死んでゆくんです。だれか分かってくださいますか。

田口耿子 55歳

219

私もアンパン党。ほぼ毎朝食べる。

山さくら転がしてきし石が墓

十年前、中仙道での所見、この一句を成した坂より人生足るを知り、俳人など無名がよろしいとの思いが強く、墓石に刻むわが辞世の句ときめております。

荒井　暁　73歳

220

不眠症に落葉が魚になっている

この句は私の第一句集『無灯艦隊』の巻頭句で、芦別高校在学中の十代の頃の作品である。切実に生きた少年の日の私には一日一日が最期の日であり、臨終との思いであった。従ってそれ以降書き続けてきた一句一句が私にとっての辞世の句にほかならなかった。この句をもって「私の辞世の一句」とする所以である。

西川徹郎　49歳

221

西川さんは現代の代表的俳人の一人。北海道芦別に住み、僧侶でもある。

胎教の長崎の鐘鳴りやまず

戦禍を逃れて夏に生まれた。お別れも鐘の音に送られて夏の季節がいいなあ。

葉月ひさ子　53歳

222

触れそうにカモメすぐそこ春の海

カモメは来世とのメッセンジャーではないのかしら。

三好くにこ　45歳

223

鐘にしろカモメにしろ、あの世に通じていると思うと、なんだか胸が広くなる感じ。

224

花吹雪口笛吹いて黄泉《よみ》の旅

先人達が花の下で逝かんと願ったように、私の願望。ひたすらに花を眺めている。

渡辺ミチ子 65歳

225

骨《こつ》一《いっ》片《ぺん》淋しき者の冬銀河

吉田 眞 67歳

渡辺さんは楽天的、吉田さんは悲観的。でも、それは結局二人の好みかも。

一病を抱えて渡る虹二重

大塚幸一　65歳

226

枯野ゆくひとりに風の四《し》面《めん》楚《そ》歌《か》

山川しのぶ　77歳

227

風花や仏の顔を三度見て

平野隆志　48歳

228

「風花」は青空にちらつく雪。遠くの雪が風に送られて来たものだ。若い友人の葬儀の日、目を挙げると風花が光った。

秋蟬の鳴き納めたる木陰かな

佐伯栄信

229

死ぬときは皆ひとりなり鉦《かね》叩《たたき》

渋谷一郎　72歳

230

むくげ咲き散り急ぎゆく夏の夕

中村チェリー　75歳

231

たしかに死ぬときは皆一人。生まれたときも。では、夫婦だったときは？

232

惜しまる齢には在らず西日赫《かつ》　武田夏奈　70歳

233

炎《えん》帝《てい》の畔《あぜ》の只今空いており　瀬川公磬　54歳

234

昼顔の花終るそれがわがいのち　松本青石

「炎帝」は夏をつかさどる神。瀬川さんの句は、炎帝の統治している畦の一隅が、なんだか死の場所の感じでポカッと空いている、というのだろう。

脳やられもういかんぞなもし秋四度《よたび》

宮崎さかえ

235

ほこり高きわれここにありカサブランカ

中村栄子

236

夏草やこの地球こそ俺の墓

岸名隆一 48歳

237

地球が自分の墓という発想は気宇壮大。そういえば、死後は銀河に行くとか大地に還るとかいう句がたくさんある。〈死の空間〉は広々として壮大だ。

柩《ひつぎ》あり散る花びらを敷きつめて
今井　豊　34歳

238

白衣着しわれ眠るとき良夜かな
森下久恵

239

この世からあの世へぬるり心太《ところてん》
山嵜泰正　60歳

240

心太のぬるりとした感触。それはたしかにこの世からあの世へ移るような不思議な感触だ。もっとも、私は心太のぬるりは嫌い。

閻魔王昼寝で浮世に待てと云う

近藤たか子　69歳

241

吾死なばもみじ積む野に捨て給え

立石美江子　72歳

242

死にとうはなけれど蟬の鳴く日かな

有岡巧生　66歳

243

民俗学者の柳田国男によると、死後の私たちは小高い丘などにいて、子孫のようすを見守るらしい。私の行くのは野茨の咲く丘がよい。

244

蟬《せみ》時《し》雨《ぐれ》無人の駅に帰郷せり

笠井常資　78歳

245

餓鬼達を改心させに行く地獄

岡島　聰　65歳

246

富士に雪里は若菜の旅出かな

細島邦夫

「花いばら故郷の路《みち》に似たるかな」は与謝蕪村の句。

暗闇へ椿と共に我が身散る
垣野内かおり（中学3年生）
247

突然に私を通る流れ星
山本　愛（中学3年生）
248

雪どけの光る季節に時止まる
大西　紫（中学3年生）
249

垣野内さんから矢部さんまで、伊丹市の天王寺川中学校三年生。中学生たちの死を見つめるまなざしは、とても真摯。その真摯さが好ましい。

250
秋の夜空を見ながら星になる
田上有希子（中学3年生）

251
外見れば月が私を呼んでいる
福西真紀（中学3年生）

252
白露と私の命重なって
矢部沙織（中学3年生）

星や月や露。そうした自然の物との一体感があるとき、人の命はきらきらとして美しいのではないか。

V　あの世の愉しみ

あの世があるかないか、それはまだ誰にもわからない。ただ、もしあるとしたら、そこは楽しい場所で、人々は愉悦にみたされる、と思いたい。または、人や動物、植物との区別もなくなり、石や雲との区別もなくなり、誰もが風や水のようにきらきらして澄んでいると思いたい。なんだかずいぶん勝手だが。

帰るのはそこ晩秋の大きな木　稔典

253

鬼やらい来世の来世もかく生きん

「誠」が私です。現在の交通戦争で何日何処で死ぬのやら、未だ未だ元気ですが……貧乏でも無名でも良い、「誠」をつらぬき死を愉しく待っています

高橋鉄太郎

254

春の陽や芭蕉を前に影二つ

昨年芭蕉の『野ざらし紀行』を夫とともに英訳した。シェイクスピア文学を愛読する夫と芭蕉文学を愛する私、いつまでもともに文学を語り合いたいものである。

三木慰子

三木さん夫婦はあの世でも夫婦。芭蕉の大きな葉のそばで影踏み遊びをしますか。

255

生かされて足萎《な》えし今蓮《はす》の糸

脳卒中で倒れましたが、神仏のご加護により生かされました。足が思うように動かず家族に世話になり感謝しています。

大野弘子　56歳

256

二人して星をみつめてたどる道

主人は天文を仕事としています。空が晴れていれば、一年中、美しい星をもとめて二人で車で走り、能登半島までも行って星を観測します。私は記録係と運転手もします。

倉谷洋子　57歳

二人して星を見つめてあの世までたどる。あの世には蓮の池があるはず。

みの虫のむこうに空のひろさあり

句碑に認めし句。

岡　星明　84歳

257

夢枕母と二人で花畑

母は長寿でしたが、思いがけない病気とのたたかいで亡くなりました。故人の使っていたものを棺に入れてやるということで日常使っていたバッグを入れようとバッグの中をみましたところ……白い紙に包まれていた小さなもの、それは私の祖母の写真でした。母は早くして母を亡くしましたから、いつもお母さんと一緒にいたのでしょうね。庭いじりの、お花の好きだったあなたは……。今、お母さんに会えましたか……。

平野和子　41歳

258

青空の続きのあの世。夢の続きのあの世。あの世にちょっと期待をしたい。

わが墓に来て啼き呉れよ百千鳥《ももちどり》

我が家は私の死によって終わる。妻と二人だけが入る墓所も私の死後は何時か誰からも忘れられてゆくだらうと淋しく思うこともある。妻亡きあとの今もこの家には鶯、郭公などの鳥声が絶えない。餌付けの四十雀類が掌の餌を啄むほど、その鳥たちに死後も忘れずに〈啼き呉れよ〉と語りかけたりする。

深谷岳彦　75歳

259

春昼《しゅんちゅう》に逝きたし夫のふところへ

夫が退職後入退院の繰りかえしに付き添ったり家庭介護に明け暮れる事十二年。急変の報せに馳せつけた時は口も利けない目も見えない状態でしたが、私の呼ぶ声に呼吸で三回答えてくれました。そして永遠のお別れ。何日かしたら私も死ぬのではないかと思う程落ち込んでしまいました。

宇佐美牧恵　73歳

260

次の世の風景をあれこれと思い描こう。楽しいことだ、それは。

雪の精となりて彼の世を粧《よそお》わん

越後に生れ育って七十余年。いつかこの地で果てる宿命ときめていますが、雪国女の心意気というつもりの一句。

安藤美以　72歳

261

わが墓はわが言葉なり鳥渡る

この句は寺山修司の言葉からヒントを得て一句としました。

皆吉　司　35歳

262

寺山修司の句は「秋風やひとさし指は誰の墓」。

乱れ世に菊と眠れる有難さ

学徒出陣から生還、商社、大学教員と五十有余年の繁狂の人生でした。そうして今、日本の腐敗末世、疲れました。やっと眠りを貪ることが出来ます。

棟方久男（邪鳥）　73歳

263

奥《おく》津《つ》城《き》は陽溜りが良し山桜

年頃の一人娘を待つ親の心境は複雑なのです。男女平等が叫ばれる現代、なぜ女だからというだけで一人っ子でも嫁に行かなければいけないのか、長男だから、或いは男だからというだけでもらうのは当然なんて、男女不平等の最原点ではないかと思うのです。後継者のいない二人だけの生涯いずれは無縁仏になります。

守屋典子　54歳

264

あの世で待っている人がいる。そのように考えると、あの世へ行くことが楽しくなる。

265

幸三と地獄で会うときめた秋

升田幸三は将棋差し。

田中四郎　66歳

266

忘れずに蓮《はす》のうてなで読む本を

余生を読書で楽しんでいる。むこうでもたくさん本を読みたい。杖や渡し賃の外に本を忘れないで持たせて下さい。

山崎　隆　79歳

この世と同じ趣味をあの世でも楽しむとしよう。かわりばえはしないが、安心できる。

267

妹にもうすぐ逢える天の川

満三歳の誕生日に急逝した妹に逢えると思うと、究極の恐怖心は消えるかも。

三池　泉　61歳

268

別荘を築きて置くぞ大銀河

経済・金融には無縁で、別荘など持つ身分ではなかった。しかし、やがて煌めく銀河の一等地に別荘を建築するぞ。急ぐことはない。役目を果したら、皆さんゆっくりおいで。

中川清彌　81歳

銀河の岸にどんな別荘を建築しますか、中川さん。

柿の木に熟柿が一つ吾《われ》を待つ

秋になると近所の柿の木に熟柿が一つ残って空を眺めている。持ち主に聞くと神に捧げるために残しているとのこと。私もまさかの時は柿を道連れにして神にすがりたいといつも勝手な事を考えている。

橋本輝雄　86歳

269

羽《は》抜《ぬけ》鶏《どり》あの世も跣《はだし》でかけまわり

小生一九三三年酉年生れ。定年後も釣をはじめ野外遊びに日々を送る。が、時折ふと病院での己れの死の刻を想うことあり、死は少しも怖れぬが、ただただ「死苦」を怖れるのみ。〈痛み無し厚壁抜ける羽抜鶏〉

志津祺人

270

それにしても、あの世の風景もこの世とそっくり。あまりそっくりだと、へそ曲がりの私などは行きたくなくなる。

どこからが極楽ですか雪参道

私は天界に行ってもさまよっているかも知れません。み佛の声に出会うまでは。又俳句をやります。

大橋桃郷　70歳

271

花野にて夢の続きを見んとせん

現し世であわただしく追った夢を今度はゆっくりとみたいものだと思う。

大橋利雄　57歳

272

雪の道の続きはあの世、
花野の続きもあの世。
それって、ほんと?

273

目をとじてすすき野原に迎えられ

祖父が心臓発作で救急車にお世話になり高齢な為今夜が山といわれたが、七一日の入院で元気を取り戻した。昭和六十年頃。現在は九八歳と四ヶ月。忘れることは多いですが元気です。

高橋アヤ子　69歳

274

彼岸花咲く道行きて倒れなん

二三年前、旅先で見た彼岸花が忘れられません。もう一度あの彼岸花に会いに行きたいです。

町屋勢子　46歳

すすき野や彼岸花の咲く道もあの世とひと続き。

時雨《しぐれ》月《づき》行《ぎょう》日《じつ》に行《ぎょう》や家《やが》霊《たま》も

秋風の候となりました。(旧姓大野)耕子祖父の辞世の句をおおくり申し上げます。岐阜県本巣郡北方町出身俗名大野申太郎(一心院釈教順信士)行日に霊となっても行を在世の人と一緒しているなんてすてきなおじいさまと思っています。父はいつも彼の世へ行っても家霊として子孫を護るといっていました(俳名司氷)。

投句・加藤耕子

275

道連れは真白な雲とねこじゃらし

美しい雲やねこじゃらしが地球の永遠のものであって欲しいと思いつつ。

中林明美　56歳

276

「真白な雲とねこじゃらし」を道連れにするなんて、中林さん、イキですね。あの世までもそれらが道連れなんでしょうね。

277

明月や母の母又その母のこと

私の母を生んだ母さんから母さんへずっと辿るとその糸は、月まで届くのかな――。

蔵前幸子

278

次の世も花野に遊ぶ友あらば

現在私の何よりの宝は大勢の良き友である。次の世に希む事はやはり何でも話し合える友である。他は何も不用です。

久我好子　77歳

母がいて友がいて、そして花野に月がのぼる。これはあの世のちょっとしたぜいたくな風景です。

春月に遊んでいると思われよ

今生も遊び、彼の世も遊び、来生も遊び。

山田六甲

279

花《はな》梯《でい》梧《ご》日暮れは空の真青なり

真紅に燃える梯梧の花は南国沖縄を象徴する花。戦争にも消えなかった。私は幼い頃から此の花を愛し親しんできた。梯梧の花の咲いている日暮れの珊瑚の海と空はどこまでも真青で美しい。自分の一生もこうありたい。

中村阪子 70歳

280

あの世がこの世の続き、しかもいろんなものがこの世とそっくりだとすると、私はあの世でも変な俳人なのか。それとも大好きな河馬になっているのか。

されば こそ月に草食獣がおり

吉岡生夫　46歳

（『草食獣』吉岡生夫の歌集名）

281

限りある目には映らぬねじを巻く

吉田智子

282

吉岡さんは現代の歌人。日常のなにげない事物や風景にユーモラスな詩を見いだしている。たとえば「親指と人差し指でつかみたる蛇の頭に似るコンセント」というように。

霊山にては黒髪ならん桃の花
大塚美登里 61歳

283

蛍火に誘われて行く未知の国
平田禮子 68歳

284

父母に会う旅立や天の川
池本たけみ 50歳

285

あの世をいろいろに想像したところで、結局、あの世は未知の国。

吾《わ》れ死んで白い蜜蜂もういない
栗林千津　88歳
286

あの人もこの人もいるあの世かな
中山春子　71歳
287

ありがとう拙《つたな》い我を愛《め》でし人
新条麻美
288

栗林さんの「白い蜜蜂」は何だろう。栗林さんの魂か、それとも彼女の見つめてきたポエジーか。栗林さんは明治四三年生まれ、現代の長老的俳人。

呵《か》呵《か》大《たい》笑《しょう》充電のため次の世へ

川口英雄　68歳

289

次の世も伴侶となさん花月夜

深瀬忠之　81歳

290

ちちははのもとへスキップ夕映えて

須田保子

291

上の三句はどれも楽しい。深刻に考えずに、スキップする感じであの世へ行くのが幸せなのかも。

あの世では添い遂げましょう星祭
近藤千雅
292

蛇口から五月雨《さみだれ》垂れるわが忌日
増田まさみ
293

星々のソネットを聴く夏銀河
武田美雪　39歳
294

あの世では星たちがソネットを朗読している。そのころ、この世では蛇口から五月雨が垂れている。いいな、こんな大きな風景って。

手花火や次の世もまたこの国に

大嶋康弘

295

ポケベルをかけてよ冬の銀河まで

冨村波聴　50歳

296

さわやかやあの世へ続く札所寺

阪上茂子　70歳

297

私が「ポケベルって、銀河まで電波が届く?」と言ったら、娘が、「野暮だなあ、心の電波が届きますよ」と応えた。

珍獣になって四月の唄にのる

浜田佳奈　21歳

298

君は花私は鳥に次の世は

窪田英治　45歳

299

死すことも生きるも摂理生身魂《いきみたま》

有本よし江　81歳

300

浜田さんは京都の大学生。あの世で珍獣に変わった浜田さんは、四月の軽快な歌声に乗ってあの世とこの世を行き来する。あたかも孫悟空のように。あっ、孫悟空は古すぎたか、ともあれ、あの世は楽しい。

本書はおよそ三〇〇〇句の中から、選者に選んでいただいた三〇〇句の〈辞世の句〉を中心に構成しています。なお、すべての作品を現代仮名遣いに統一しました。

あとがき

坪内　稔典

荒木さんの壺

初夏のある日、蝸牛社の荒木清さんがわが家へおいでになった。南瓜というか大きな里芋というか、ともかく丸くて黒くて口の細い陶器の花活けを荒木さんはお土産にくださった。その日、酒が入って話が弾み、いつの間にか辞世の俳句を集めた本を作ることが決まっていた。

その辞世の俳句を集めた本は、一般から広く辞世の句を募集して作ることになった。私の任務は集まった俳句を選抜し、選んだ句にコメントをつけること。これだけの事を決めると、荒木さんはさっさと帰って行った。

以来、荒木さんの壺は居間に転がしてあり、ねこじゃらしや露草を活けた。今はホトトギスをさしている。

楽しい辞世句

さて、辞世の句の募集がはじまった。すると、聖教新聞社学芸部の原山祐一記者が、辞世の句の募集にかかわるエッセイを書け、と言って来た。私にはまったく信仰心がなく、だから平気な顔をして辞世句の募集を進めることが出来たのかも知れないが、ともあれ、原山記者とはなぜか気が合うというか、彼は事あるごとに私を引き立ててくれるのだ。そこで次のエッセイを書いた（『聖教新聞』平成九年七月二十九日）。

☆

夜、寝ようとして、死とか死後の世界ということを考え出すと、次第に目がさえ、眠れないままに夜明けを迎えることがよくあった。そんな少年時代の夏、窓の外で無心にさえずっている小鳥が不思議だった。朝日を浴びてそよぐ木々の葉にしても、死の不安などには関係がないようで、なんだか自分だけが深刻で暗い感じがした。

死への不安にかられた少年時代のあの夏から後、私だけでなく、一般の大人は、仕事や遊びなどに心を注ぎ、そのことで死を遠ざけている。毎日毎夜、死にとらわれて悩んだり不安に陥っていては日々の暮らしがなりたたないから。

だが、生きることとは、死を感じ、死をみつめ、そしてやがて死へ至ることであろう。日常の表面において死を遠ざけながらも、人はその死へ至る過程を生きている。死はいつも平穏な日常と背中合わせだ。

糸瓜《へちま》咲いて痰《たん》のつまりし仏かな
痰一斗糸瓜の水も間にあわず
をととひのへちまの水も取らざりき

右は正岡子規の「絶筆三句」と呼ばれている俳句。子規は一九〇二年に三十五年に二ヶ月足らない生涯を閉じたが、死ぬ前日、彼は右の三句を書いた。糸瓜水は痰を切る薬だった。「をととひ」は満月で、その日に取った糸瓜水はことに効果があると言われていた。そういうことがこの三句の背景。

子規は二十二歳で、喀血。以来、〈余命十年〉という思いで生きた。鳥のほととぎすを意味する子規という雅号は、彼の死病になった結核の代名詞でもある。つまり、子規と名乗ることは死を身近に自覚することであり、そんな自覚のなかで、彼は俳句、短歌、文章の革新という大事業を成し遂げた。

〈余命十年〉を自覚して以来、子規の俳句はすべてが辞世句のようなものだったが、とりわけこの絶筆三句の冒頭句はみごと。糸瓜の花の下に横たわった痰の詰まった死体とは、なんとも悲惨でぶざまだが、そんな自分をクスッと笑っている気配がこの句にはある。そんな気配は、糸瓜と死体をとりあわせた意外性、しかも、糸瓜の花と自分を対等の存在として把握している点などから感じられる。ちなみに、子規は生前に墓碑銘を書き残してもいた。俳句や墓碑銘などを通して何度も自分の死を見つめた。

この夏、久しぶりに私は少年時代の気分になっている。というのは、『辞世の一句』(仮称)という本の編集をすすめているから。辞世句を作ることは自らの死を見つめること。だから、辞世句を作ると、生き方が新鮮になるのではないか、と考え、多くの人から辞世句を募り、それを一冊の本にしようとしているのだ。すでに中学生から九十代の人までの応募があり、どの句もとても楽しい。

辞世句を〈楽しい〉と表現するのは変かもしれないが、俳句には深刻なことでも軽くはっきりと表現する力がある。子規の糸瓜の句にも実はそんな力が働いていた。この力のために辞世句におのずとユーモアやゆとりが漂う。そしてそれらは私たちの生きる力になる。辞世句は生きる力の丸薬だ。エッ、君の作った辞世句を見せろって？　いや、それは先の楽しみです。

☆

以上が「〈楽しい〉辞世句」と見出しがついて載ったエッセイの全文である。

生きる力の丸薬

さて、右のエッセイで私は、「俳句には深刻なことでも軽くはっきりと表現する力がある」と言い、この力が、辞世句にユーモアやゆとりを漂わせると書いた。そして、そのユーモアやゆとりは「私たちの生きる力になる」とも。

深刻なことでも軽くはっきりと表現する俳句の力。この力の源は俳句形式の短さにある。俳句の短さは感傷や詠嘆を許さない。感傷や詠嘆にはそれらの気分のいくらかの持続が必要だ。情緒にひたることが感傷や詠嘆の最低の条件である。

ところが、俳句形式の短さは、そのような気分の持続にむかず、気分を瞬間的に表現してしまう。その表現は露出というか、剝き出しというか、ともかく一種暴力的、突発的だ。たとえば次の芥川龍之介の俳句。

水洟《みずばな》や鼻の先だけ暮れ残る

この俳句は読んだ途端に水洟の垂れる鼻の先が、寒い夕方の空気を背景にしてニュッと現れる。そのクローズアップされた、あるいは不意に露出したような鼻の先は妙におかしい。そうなのだ。俳句の露出、剝き出し、暴力的、突発的というような表現の特色は、おかしさや諧謔、ユーモアなどの感情を生じる。俳句にも感傷や詠嘆がまったくないわけではないが、それらは、そのおかしさの感情などが退いた後にゆっくりと現れるのだと言ってよいだろう。

芥川龍之介は昭和二年（一九二七）に三十六歳で自殺した。さきの俳句は、その自殺とはかかわりなしに作られていたものだが、死に際して龍之介はこの旧作をあらためて色紙にしたためて残した。辞世の句にしたのである。

こうした事情を知ると、龍之介のデビュー作が「鼻」であったことなども思い出され、自殺を選択せざるを得なかったこの作家への感傷や詠嘆に包まれる。

龍之介の句と同じようなことが次の松尾芭蕉の作についても言える。

旅に病《や》んで夢は枯野をかけ廻《めぐ》る

芭蕉は日々の句が辞世だと言い、ことさらに辞世句を作らなかったが、右の句が最後の作として知られている。この句を弟子に書きとめさせた四日後、すなわち、元禄七年（一六九四）十月十二日（旧暦）に芭蕉は五十一年の生涯を閉じた。

さて、芭蕉の句だが、旅先で病気になった芭蕉の気持ちに即して読むと、病気にはなったが依然として自分の夢は旅をすることにある、ということになろうか。

だが、そんな作者の事情を知らずにこの句に出会うと、旅の途中で病んだ人の夢が、その人から抜け出して枯野をさかんにかけ廻っている漫画的光景を読み取るのではないだろうか。「旅に病んで」という静的な表現が、不意に「夢は枯野をかけ廻る」という動的表現へ転換するその不意の転換が、肉体と夢（精神）が不意に分離したような一種の漫画的な情景を作り出しているのだ。もちろん、その不意の転換は俳句形式が短いために起こったのであり、また、その転換が作りだした情景は読者にユーモラスな感情を生じさせる。

いささか理屈っぽくなってしまった。要するに俳句は、感傷でも詠嘆でも、そして悲しみや厳粛なことでも、軽くユーモラスに表現してしまうのだ。軽くユーモラスに表現したものが優れた作品であり、感傷を感傷のままに、厳粛なことを厳粛なままに表現した作品は、俳句としては未熟で拙劣なのだ。

というわけで、死という悲しみにみちた厳粛な事実でも、俳句は軽くおかしく表現してしまう。辞世の俳句だってどことなくユーモラスになってしまう。

軽い気分、おかしさ、ユーモアなどは、私たちの感性や見方、考え方などのしこりをほぐしてくれる。自分の死を対象化し、辞世の俳句を作るとき、俳句形式のもたらす軽さ、おかしさ、ユーモアなどが、ことに私たちの心身をほぐしてくれるのではないだろうか。

ほぐれたそのところから生きる力がわいてくる。そうだとすると、辞世の俳句はまさに生きる力の丸薬だ。

たんぽぽのぽぽのあたりが火事ですよ

右は私の俳句。今年の春に作ったものだが、今の私の気分では、この句がとりあえずわが辞世の俳句というところ。

たんぽのぽぽのあたりとはどこか、そこが火事とはどういうことか、実は作者にもさだかではないが、たんぽぽに「ぽぽのあたり」があると考えるだけで、なんだかいい気分。世界がほんの少し広がる気がする。

長い「あとがき」になってしまった。辞世の句を作ったあとで未練たらたら、なにかにひどく執着している気配であり、軽くあっさりと表現する俳句にはふさわしくない具合だ。

実は、この本は三百の辞世句を集めたものの、それだけではなんとも薄い本になってしまう。一頁に一句を収めると三百頁の立派な本になるのだが、それだとなんだか墓標の見本帖という感じ。やはり一頁に数句を収めるほかはない。

そこで蝸牛社の荒木さんは考えた。

「長いあとがきをつけよう!」と。

そんなわけで私は仕方なくこの長いあとがきを書いてしまった。もっとも、仕方なくと言いながら、ちゃっかり自分の辞世句を紹介したりしているのだが。

この本の三百句は五章に分けた。だが、その区分は厳密ではなく、私が気ままに振り分けたのである。五つの区切りはこの本の一種のアクセントくらいにみなしてもらうとよい。

それはそうと、たくさんの辞世句を応募していただいた。

荒木さんはすっかり気をよくし、

「ネンテンさん、第二集、第三集……と続々と出しましょう」

と言う。その荒木さんの声を聞きながら、私はふと、あの壺に「たんぽぽのぽぽのあたりが火事ですよ」を活けた光景を想像していた。

俳句を壺に活けるなんて夢のような話だが、なんだか素敵に似合うではないか。それで、今はすでに、第二集ではあの壺に何を活けようか、と考えている。

坪内《つぼうち》稔典《としのり》

一九四四年、愛媛県生まれ。

立命館大学文学部研究科修士課程修了。

高校時代から作句、伊丹三樹彦の「青玄」に学ぶ。

大学時代には京都学生俳句会、全国学生俳句連盟などを組織した。二〇代後半からは「日時計」「黄金海岸」などの同人誌で活動。

正岡子規、夏目漱石の研究で知られる。二〇一〇年、「モーロク俳句ますます盛ん　俳句百年の遊び」で第一三回桑原武夫学芸賞を受賞。

一九八七年に「船団」を創刊。

仏教大学文学部教授、京都教育大学名誉教授。

句集『落花落日』『人麿の手紙』『百年の家』『ぽぽのあたり』『水のかたまり』『坪内稔典句集』、俳句俳景『縮む母』など。

評論集『俳句　口誦と片言』『新芭蕉伝―百代の過客』『子規山脈』『正岡子規―言葉と生きる』『佛教大学鷹陵文化叢書13　言葉の力』など多数。

一億人のための 辞世の句

二〇一五年一月一五日　新装版第一刷

選　者――坪内稔典
発行者――唐澤明義
発行所――株式会社 展望社

郵便番号一一二―〇〇〇二
東京都文京区小石川三―一―七　エコービル二〇二
電　話――〇三―三八一四―一九九七
FAX――〇三―三八一四―三〇六三
振　替――〇〇一八〇―三―三九六二四八
展望社ホームページ http://tembo-books.jp/
印刷・製本――（株）東京印書館
定価はカバーに表示してあります。
落丁本・乱丁本はお取り替えいたします。

ISBN978-4-88546-292-4